Der hessische Landbote

Georg Büchner

Friedrich Ludwig Weidig

Erste Botschaft

Vorbericht

Darmstadt, im Juli 1834.

Dieses Blatt soll dem hessischen Lande die Wahrheit melden, aber wer die Wahrheit sagt, wird gehenkt; ja sogar der, welcher die Wahrheit liest, wird durch meineidige Richter vielleicht gestraft. Darum haben die, welchen dies Blatt zukommt, folgendes zu beobachten:

1. Sie müssen das Blatt sorgfältig außerhalb ihres Hauses vor der Polizei verwahren;

2. sie dürfen es nur an treue Freunde mitteilen;

3. denen, welchen sie nicht trauen wie sich selbst, dürfen sie es nur heimlich hinlegen;

4. würde das Blatt dennoch bei einem gefunden, der es gelesen hat, so muß er gestehen, daß er es eben dem Kreisrat habe bringen wollen;

5. wer das Blatt nicht gelesen hat, wenn man es bei ihm findet, der ist natürlich ohne Schuld.

Friede den Hütten! Krieg den Palästen!

Im Jahre 1834 siehet es aus, als würde die Bibel Lügen gestraft. Es sieht aus, als hätte Gott die Bauern und Handwerker am fünften Tage und die Fürsten und Vornehmen am sechsten gemacht, und als hätte der Herr zu diesen gesagt: ›Herrschet über alles Getier, das auf Erden kriecht‹, und hätte die Bauern und Bürger zum Gewürm gezählt. Das Leben der *Vornehmen* ist ein langer Sonntag: sie wohnen in schönen Häusern, sie tragen zierliche Kleider, sie haben feiste Gesichter und reden eine eigne Sprache; das Volk aber liegt vor ihnen wie Dünger auf dem Acker. Der Bauer geht hinter dem Pflug, der *Vornehme* aber geht hinter ihm und dem Pflug und treibt ihn mit den Ochsen am Pflug, er nimmt das Korn und läßt ihm die Stoppeln. Das Leben des Bauern ist ein langer Werktag; Fremde verzehren seine Äcker vor seinen Augen, sein Leib ist eine Schwiele, sein Schweiß ist das Salz auf dem Tische des *Vornehmen.*

Im Großherzogtum Hessen sind 718.373 Einwohner, die geben an den Staat jährlich an 6.363.436 Gulden, als

1. Direkte Steuern 2.128.131 Fl.

2. Indirete Steuern 2.478.264 "

3. Domänen 1.547.394 "

4. Regalien 46.938 "

5. Geldstrafen 98.511 "

6. Verschiedene Quellen 64.198 "

6.363.436 Fl.

Dies Geld ist der Blutzehnte, der vom Leib des Volkes genommen wird. An 700.000 Menschen schwitzen, stöhnen und hungern dafür. Im Namen des Staates wird es erpreßt, die Presser berufen sich auf die Regierung, und die Regierung sagt, das sei nötig, die Ordnung im Staat zu erhalten. Was ist denn nun das für gewaltiges Ding: der Staat? Wohnt eine Anzahl Menschen in einem Land und es sind Verordnungen oder Gesetze vorhanden, nach denen jeder sich richten muß, so sagt man, sie bilden einen Staat. Der Staat also sind *alle*; die Ordner im Staate sind die Gesetze, durch welche das Wohl *aller* gesichert wird und die aus dem Wohl *aller* hervorgehen sollen. Seht nun, was man in dem Großherzogtum aus dem Staat gemacht hat; seht, was es heißt: die Ordnung im Staate erhalten! 700.000 Menschen bezahlen dafür 6 Millionen, d.h. sie werden zu Ackergäulen und Pflugstieren gemacht, damit sie in Ordnung leben. In Ordnung leben heißt hungern und geschunden werden.

Wer sind denn die, welche diese Ordnung gemacht haben und die wachen, diese Ordnung zu erhalten? Das ist die Großherzogliche Regierung. Die Regierung wird gebildet von dem Großherzog und seinen obersten Beamten. Die andern Beamten sind Männer, die von der Regierung berufen werden, um jene Ordnung in Kraft zu erhalten. Ihre Anzahl ist Legion: Staatsräte und Regierungsräte, Landräte und Kreisräte, geistliche Räte und Schulräte, Finanzräte und Forsträte usw. mit allem ihrem Heer von Sekretären usw. Das Volk ist ihre Herde, sie sind seine Hirten, Melker und Schinder; sie haben die Häute der Bauern an, der Raub der Armen ist in ihrem Hause; die Tränen der Witwen und Waisen sind das Schmalz auf ihren Gesichtern; sie herrschen frei und ermahnen das Volk zur Knechtschaft. Ihnen gebt ihr 6.000.000 Fl. Abgaben; sie haben dafür die Mühe, euch zu regieren; d.h. sich von euch füttern zu lassen und euch eure Menschen- und Bürgerrechte zu rauben. Sehet, was die Ernte eures Schweißes ist!

Für das Ministerium des Innern und der Gerechtigkeitspflege werden bezahlt 1.110.607 Gulden. Dafür habt ihr einen Wust von Gesetzen, zusammengehäuft aus willkürlichen Verordnungen aller Jahrhunderte, meist geschrieben in einer fremden Sprache. Der Unsinn aller vorigen Geschlechter hat sich darin auf euch vererbt, der Druck, unter dem sie erlagen, sich auf euch fortgewälzt. Das Gesetz ist das Eigentum einer unbedeutenden Klasse von *Vornehmen* und Gelehrten, die sich durch ihr eignes Machwerk die Herrschaft zuspricht.

Diese Gerechtigkeit ist nur ein Mittel, euch in Ordnung zu halten, damit man euch bequemer schinde; sie spricht nach Gesetzen, die ihr nicht versteht, nach Grundsätzen, von denen ihr nichts wißt, Urteile, von denen ihr nichts begreift. Unbestechlich ist sie, weil sie sich gerade teuer genug bezahlen läßt, um keine Bestechung zu brauchen. Aber die meisten ihrer Diener sind der Regierung mit Haut und Haar verkauft. Ihre Ruhestühle stehen auf einem Geldhaufen von 461.373 Gulden (so viel betragen die Ausgaben für die Gerichtshöfe und die Kriminalkosten). Die Fräcke, Stöcke und Säbel ihrer unverletzlichen Diener sind mit dem Silber von 197.502 Gulden beschlagen (so viel kostet die Polizei überhaupt, die Gendarmerie usw.). Die Justiz ist in Deutschland seit Jahrhunderten die Hure der deutschen Fürsten. Jeden Schritt zu ihr müßt ihr mit Silber pflastern, und mit Armut und Erniedrigung erkauft ihr ihre Sprüche. Denkt an das Stempelpapier, denkt an euer Bücken in den Amtsstuben und euer Wachestehen vor denselben. Denkt an die Sporteln für Schreiber und Gerichtsdiener. Ihr dürft euern Nachbar verklagen, der euch eine Kartoffel stiehlt; aber klagt einmal über den Diebstahl, der von Staats wegen unter dem Namen von Abgabe und Steuern jeden Tag an eurem Eigentum begangen wird; damit eine Legion unnützer Beamten sich von eurem Schweiße mästen; klagt einmal, daß ihr der Willkür einiger Fettwänste überlassen seid und daß diese Willkür Gesetz heißt, klagt, daß ihr die Ackergäule des Staates seid, klagt über eure verlorne Menschenrechte: wo sind die Gerichtshöfe, die eure Klage annehmen, wo die Richter, die Recht sprächen? Die Ketten eurer Vogelsberger Mitbürger, die man nach Rockenburg schleppte, werden euch Antwort geben.

Und will endlich ein Richter oder ein andrer Beamte von den wenigen, welchen das Recht und das gemeine Wohl lieber ist als ihr Bauch und der Mammon, ein Volksrat und kein Volksschinder sein, so wird er von den obersten Räten des Fürsten selber geschunden.

Für das Ministerium der Finanzen 1.551.502 Fl.

Damit werden die Finanzräte, Obereinnehmer, Steuerboten, die Untererheber besoldet. Dafür wird der Ertrag eurer Äcker, berechnet und eure Köpfe gezählt. Der Boden unter euren Füßen, der Bissen zwischen euren Zähnen ist besteuert. Dafür sitzen die Herren in Fräcken beisammen, und das Volk steht nackt und gebückt vor ihnen; sie legen die Hände an seine Lenden und Schultern und rechnen aus, wie viel es noch tragen kann, und wenn sie barmherzig sind, so geschieht es nur, wie man ein Vieh schont, das man nicht so sehr angreifen will.

Für das Militär wird bezahlt 914.820 Gulden.

Dafür kriegen eure Söhne einen bunten Rock auf den Leib, ein Gewehr oder eine Trommel auf die Schulter und dürfen jeden Herbst einmal blind schießen und erzählen, wie die Herren vom Hof und die ungeratenen Buben vom Adel allen Kindern ehrlicher Leute vorgehen und mit ihnen in den breiten Straßen der Städte herumziehen mit Trommeln und Trompeten. Für jene 900.000 Gulden müssen eure Söhne den Tyrannen schwören und Wache halten an ihren Palästen. Mit ihren Trommeln übertäuben sie eure Seufzer, mit ihren Kolben zerschmettern sie euch den Schädel, wenn ihr zu denken wagt, daß ihr freie Menschen seid. Sie sind die gesetzlichen Mörder, welche die gesetzlichen Räuber schützen; denkt an Södel! Eure Brüder, eure Kinder waren dort Bruder- und Vatermörder.

Für die Pensionen 480.000 Gulden.

Dafür werden die Beamten aufs Polster gelegt, wenn sie eine gewisse Zeit dem Staate treu gedient haben, d.h. wenn sie eifrige Handlanger bei der regelmäßig eingerichteten Schinderei gewesen, die man Ordnung und Gesetz heißt.

Für das Staatsministerium und den Staatsrat 174.600 Gulden. Die größten Schurken stehen wohl jetzt allerwärts in Deutschland den Fürsten am nächsten, wenigstens im Großherzogtum. Kommt ja ein ehrlicher Mann in einen Staatsrat, so wird er ausgestoßen. Könnte aber auch ein ehrlicher Mann jetzo Minister sein oder bleiben, so wäre er, wie die Sachen stehn in Deutschland, nur eine Drahtpuppe, an der die fürstliche Puppe zieht; und an dem fürstlichen Popanz zieht wieder ein Kammerdiener oder ein Kutscher oder seine Frau und ihr Günstling oder sein Halbbruder oder alle zusammen.

In Deutschland stehet er jetzt, wie der Prophet Micha schreibt, Kap. 7, V. 3 und 4: ›Die Gewaltigen raten nach ihrem Mutwillen, Schaden zu tun, und drehen es, wie sie es wollen. Der Beste unter ihnen ist wie ein Dorn, und der Redlichste wie eine Hecke.‹ Ihr müßt die Dörner und Hecken teuer bezahlen! denn ihr müßt ferner für das großherzogliche Haus und den Hofstaat 827.772 Gulden bezahlen.

Die Anstalten, die Leute, von denen ich bis jetzt gesprochen, sind nur Werkzeuge, sind nur Diener. Sie tun nichts in ihrem Namen, unter der Ernennung zu ihrem Amt steht ein L., das bedeutet *Ludwig* von Gottes Gnaden, und sie sprechen mit Ehrfurcht: ›Im Namen des Großherzogs.‹ Dies ist ihr Feldgeschrei, wenn sie euer Gerät versteigern, euer Vieh wegtreiben, euch in den Kerker werfen. Im Namen des Großherzogs sagen sie, und der Mensch, den sie so nennen, heißt: unverletzlich, heilig, souverän, königliche Hoheit. Aber tretet zu dem Menschenkinde und blickt durch seinen Fürstenmantel. Es ißt, wenn es hungert, und schläft, wenn sein Auge dunkel wird. Sehet, es kroch so nackt und weich in die Welt wie ihr und wird so hart und steif hinausgetragen wie ihr, und doch hat es seinen Fuß auf eurem Nacken, hat 700.000 Menschen an seinem Pflug, hat Minister, die verantwortlich sind für das, was es tut, hat Gewalt über euer Eigentum durch die Steuern, die es ausschreibt, über euer Leben durch die Gesetze, die es macht, es hat adliche Herrn und Damen um sich, die man Hofstaat heißt, und seine göttliche Gewalt vererbt sich auf seine Kinder mit Weibern, welche aus ebenso übermenschlichen Geschlechtern sind.

Wehe über euch Götzendiener! Ihr seid wie die Heiden, die das Krokodil anbeten, von dem sie zerrissen werden. Ihr setzt ihm eine Krone auf, aber es ist eine Dornenkrone, die ihr euch selbst in den Kopf drückt; ihr gebt ihm ein Zepter in die Hand, aber es ist eine Rute, womit ihr gezüchtigt werdet; ihr setzt ihn auf euern Thron, aber er ist ein Marterstuhl für euch und eure Kinder. Der Fürst ist der Kopf des Blutigels, der über euch hinkriecht, die Minister sind seine Zähne und die Beamten sein Schwanz. Die hungrigen Mägen aller vornehmen Herren, denen er die hohen Stellen verteilt, sind Schröpfköpfe, die er dem Lande setzt. Das L., was unter seinen Verordnungen steht, ist das Malzeichen des Tieres, das die Götzendiener unserer Zeit anbeten. Der Fürstenmantel ist der Teppich, auf dem sich die Herren und Damen vom Adel und Hofe in ihrer Geilheit übereinander wälzen mit Orden und Bändern decken sie ihre Geschwüre, und mit kostbaren Gewändern bekleiden sie ihre aussätzigen Leiber. Die Töchter des Volks sind ihre Mägde und Huren, die Söhne des Volks ihre Lakaien und Soldaten. Geht einmal nach Darmstadt und seht, wie die Herren sich für euer Geld dort lustig machen, und erzählt dann euern hungernden Weibern und Kindern, daß ihr Brot an fremden Bäuchen herrlich angeschlagen sei, erzählt ihnen von den schönen Kleidern, die in ihrem Schweiß gefärbt, und von den zierlichen Bändern, die aus den Schwielen ihrer Hände geschnitten sind, erzählt von den stattlichen Häusern, die aus den Knochen des Volks gebaut sind; und dann kriecht in eure rauchigen Hütten und bückt euch auf euren steinichten Äckern, damit eure Kinder auch einmal hingehen können, wenn ein Erbprinz mit einer Erbprinzessin für einen andern Erbprinzen Rat schaffen will, und durch die geöffneten Glastüren das Tischtuch sehen, wovon die Herren speisen, und die Lampen riechen, aus denen man mit dem Fett der Bauern illuminiert.

Das alles duldet ihr, weil euch Schurken sagen: diese Regierung sei von Gott. Diese Regierung ist nicht von Gott, sondern vom Vater der Lügen. Diese deutschen Fürsten sind keine rechtmäßige Obrigkeit, sondern die rechtmäßige Obrigkeit, den deutschen Kaiser, der vormals vom Volke frei gewählt wurde, haben sie seit Jahrhunderten verachtet und endlich gar verraten. Aus Verrat und Meineid, und nicht aus der Wahl des Volkes, ist die Gewalt der deutschen Fürsten hervorgegangen, und darum ist ihr Wesen und Tun von Gott verflucht! ihre Weisheit ist Trug, ihre Gerechtigkeit ist Schinderei. Sie zertreten das Land und zerschlagen die Person des Elenden. Ihr lästert Gott, wenn ihr einen dieser Fürsten einen Gesalbten des Herrn nennt, d.h. Gott habe die Teufel gesalbt und zu Fürsten über die deutsche Erde gesetzt. Deutschland, unser liebes Vaterland, haben diese Fürsten zerrissen, den Kaiser, den unsere freien Voreltern wählten, haben diese Fürsten verraten, und nun fordern diese Verräter und Menschenquäler Treue von euch! Doch das Reich der Finsternis neiget sich zum Ende. Über ein kleines, und Deutschland, das jetzt die Fürsten schinden, wird als ein Freistaat mit einer vom Volk gewählten Obrigkeit wieder auferstehn. Die Heilige Schrift sagt: ›Gebet dem Kaiser, was des Kaisers ist.‹ Was ist aber dieser Fürsten, der Verräter? Das Teil von Judas!

Für die Landstände 16.000 Gulden.

Im Jahr 1789 war das Volk in Frankreich müde, länger die Schindmähre seines Königs zu sein. Es erhob sich und berief Männer, denen es vertraute, und die Männer traten zusammen und sagten, ein König sei ein Mensch wie ein anderer auch, er sei nur der erste Diener im Staat, er müsse sich vor dem Volk verantworten, und wenn er sein Amt schlecht verwalte, könne er zur Strafe gezogen werden. Dann erklärten sie die Rechte des Menschen: ›Keiner erbt vor dem andern mit der Geburt ein Recht oder einen Titel, keiner erwirbt mit dem Eigentum ein Recht vor dem andern. Die höchste Gewalt ist in dem Willen aller oder der Mehrzahl. Dieser Wille ist das Gesetz, er tut sich kund durch die Landstände oder die Vertreter des Volks, sie werden von allen gewählt, und jeder kann gewählt werden; diese Gewählten sprechen den Willen ihrer Wähler aus, und so entspricht der Wille der Mehrzahl unter ihnen dem Willen der Mehrzahl unter dem Volke; der König hat nur für die Ausübung der von ihnen erlassenen Gesetze zu sorgen.‹ Der König schwur, dieser Verfassung treu zu sein; er wurde aber meineidig an dem Volke, und das Volk richtete ihn, wie es einem Verräter geziemt. Dann schafften die Franzosen die erbliche Königswürde ab und wählten frei eine neue Obrigkeit, wozu jedes Volk nach der Vernunft und der Heiligen Schrift das Recht hat. Die Männer, die über die Vollziehung der Gesetze wachen sollten, wurden von der Versammlung der Volksvertreter ernannt, sie bildeten die neue Obrigkeit. Sie waren Regierung und Gesetzgeber vom Volk gewählt, und Frankreich war ein Freistaat.

Die übrigen Könige aber entsetzten sich vor der Gewalt des französischen Volkes; sie dachten, sie könnten alle über der ersten Königsleiche den Hals brechen und ihre mißhandelten Untertanen möchten bei dem Freiheitsruf der Franken erwachen. Mit gewaltigem Kriegsgerät und reisigem Zeug stürzten sie von allen Seiten auf Frankreich, und ein großer Teil der Adligen und *Vornehmen* im Lande stand auf und schlug sich zu dem Feind. Da ergrimmte das Volk und erhob sich in seiner Kraft. Es erdrückte die Verräter und zerschmetterte die Söldner der Könige. Die junge Freiheit wuchs im Blut der Tyrannen, und vor ihrer Stimme bebten die Throne und jauchzten die Völker. Aber die Franzosen verkauften selbst ihre junge Freiheit für den Ruhm, den ihnen Napoleon darbot, und erhoben ihn auf den Kaiserthron. Da ließ der Allmächtige das Heer des Kaisers in Rußland erfrieren und züchtigte Frankreich durch die Knute der Kosaken und gab den Franzosen die dickwanstigen Bourbonen wieder zu Königen, damit Frankreich sich bekehre vom Götzendienst der erblichen Königsherrschaft und dem Gotte diene, der die Menschen frei und gleich geschaffen. Aber als die Zeit seiner Strafe verflossen war und tapfere Männer im Julius 1830 den meineidigen König Karl den Zehnten aus dem Lande jagten, da wendete dennoch das befreite Frankreich sich abermals zur halberblichen Königsherrschaft und band sich in dem Heuchler Louis Philipp eine neue Zuchtrute auf. In Deutschland und ganz Europa aber war große Freude, als der zehnte Karl vom Thron gestürzt ward, und die unterdrückten deutschen Länder rüsteten sich zum Kampf für die Freiheit. Da ratschlagten die Fürsten, wie sie dem Grimm des Volkes entgehen sollten, und die listigen unter ihnen sagten: Laßt uns einen Teil unserer Gewalt abgeben, daß wir das übrige behalten. Und sie traten vor das Volk und sprachen: Wir wollen euch die Freiheit schenken, um die ihr kämpfen wollt. Und zitternd vor Furcht warfen sie einige Brocken hin und sprachen von ihrer Gnade. Das Volk traute ihnen leider und legte sich zur Ruhe. Und so ward Deutschland betrogen wie Frankreich.

Denn was sind diese Verfassungen in Deutschland? Nichts als leeres Stroh, woraus die Fürsten die Körner für sich herausgeklopft haben. Was sind unsere Landtage? Nichts als langsame Fuhrwerke, die man einmal oder zweimal wohl der Raubgier der Fürsten und ihrer Minister in den Weg schieben, woraus man aber nimmermehr eine feste Burg für deutsche Freiheit bauen kann. Was sind unsere Wahlgesetze? Nichts als Verletzungen der Bürger- und Menschenrechte der meisten Deutschen. Denkt an das Wahlgesetz im Großherzogtum, wornach keiner gewählt werden kann, der nicht hochbegütert ist, wie rechtschaffen und gutgesinnt er auch sei, wohl aber der *Grolmann*, der euch um die zwei Millionen bestehlen wollte. *Denkt an die Verfassung des Großherzogtums. Nach den Artikeln derselben ist der Großherzog unverletzlich, heilig und unverantwortlich. Seine Würde ist erblich in seiner Familie, er hat das Recht, Krieg zu führen, und ausschließliche Verfügung über das Militär. Er beruft die Landstände, vertagt sie oder löst sie auf. Die Stände dürfen keinen Gesetzesvorschlag machen, sondern sie müssen um das Gesetz bitten, und dem Gutdünken des Fürsten bleibt es unbedingt überlassen, es zu geben oder zu verweigern. Er bleibt im Besitz einer fast unumschränkten Gewalt, nur darf er keine neuen Gesetze machen und keine neuen Steuern ausschreiben ohne Zustimmung der Stände. Aber teils kehrt er sich nicht an diese Zustimmung, teils genügen ihm die alten Gesetze, die das Werk der Fürstengewalt sind, und er bedarf darum keiner neuen Gesetze. Eine solche*

Verfassung ist ein elend jämmerlich Ding. Was ist von Ständen zu erwarten, die an eine solche Verfassung gebunden sind? Wenn unter den Gewählten auch keine Volksverräter und feige Memmen wären, wenn sie aus lauter entschlossenen Volksfreunden bestünden?! Was ist von Ständen zu erwarten, die kaum die elenden Fetzen einer armseligen Verfassung zu verteidigen vermögen! Der einzige Widerstand, den sie zu leisten vermochten, war die Verweigerung der zwei Millionen Gulden, die sich der Großherzog von dem überschuldeten Volke wollte schenken lassen zur Bezahlung seiner Schulden. Hätten aber auch die Landstände des Großherzogtums genügende Rechte, und hätte das Großherzogtum, aber nur das Großherzogtum allein, eine wahrhafte Verfassung, so würde die Herrlichkeit doch bald zu Ende sein. Die Raubgeier in Wien und Berlin würden ihre Henkerskrallen ausstrecken und die kleine Freiheit mit Rumpf und Stumpf ausrotten. Das ganze deutsche Volk muß sich die Freiheit erringen. Und diese Zeit, geliebte Mitbürger, ist nicht ferne. Der Herr hat das schöne deutsche Land, das viele Jahrhunderte das herrlichste Reich der Erde war, in die Hände der fremden und einheimischen Schinder gegeben, weil das Herz des deutschen Volkes von der Freiheit und Gleichheit seiner Voreltern und von der Furcht des Herrn abgefallen war, weil ihr dem Götzendienste der vielen Herrlein, Kleinherzoge und Däumlings-Könige euch ergeben hattet.

Der Herr, der den Stecken des fremden Treibers Napoleon zerbrochen hat, wird auch die Götzenbilder unserer einheimischen Tyrannen zerbrechen durch die Hände des Volks. Wohl glänzen diese Götzenbilder von Gold und Edelsteinen, von Orden und Ehrenzeichen, aber in ihrem Innern stirbt der Wurm nicht, und ihre Füße sind von Lehm. Gott wird euch Kraft geben, ihre Füße zu zerschmeißen, sobald ihr euch bekehret von dem Irrtum eures Wandels und die Wahrheit erkennet: daß nur ein Gott ist und keine Götter neben ihm, die sich Hoheiten und Allerhöchste, heilig und unverantwortlich nennen lassen, daß Gott alle Menschen frei und gleich in ihren Rechten schuf, und daß keine Obrigkeit von Gott zum Segen verordnet ist als die, welche auf das Vertrauen des Volkes sich gründet und vom Volke ausdrücklich oder stillschweigend erwählt ist! daß dagegen die Obrigkeit, die Gewalt, aber kein Recht über ein Volk hat, nur also von Gott ist, wie der Teufel auch von Gott ist, und daß der Gehorsam gegen eine solche Teufelsobrigkeit nur so lange gilt, bis ihre Teufelsgewalt gebrochen werden kann! daß der Gott, der ein Volk durch eine Sprache zu einem Leibe vereinigte, die Gewaltigen, die es zerfleischen und vierteilen oder gar in dreißig Stücke zerreißen, als Volksmörder und Tyrannen hier zeitlich und dort ewiglich strafen wird, denn die Schrift sagt: was Gott vereinigt hat, soll der Mensch nicht trennen! und daß der Allmächtige, der aus der Einöde ein Paradies schaffen kann, auch ein Land des Jammers und des Elends wieder in ein Paradies umschaffen kann, wie unser teuerwertes Deutschland war, bis seine Fürsten es zerfleischten und schunden.

Weil das deutsche Reich morsch und faul war und die Deutschen von Gott und von der Freiheit abgefallen waren, hat Gott das Reich zu Trümmern gehen lassen, um es zu einem Freistaat zu verjüngen. Er hat eine Zeitlang den Satansengeln Gewalt gegeben, daß sie Deutschland mit Fäusten schlügen, er hat den Gewaltigen und Fürsten, die in der Finsternis herrschen, den bösen Geistern unter dem Himmel (Ephes. 6), Gewalt gegeben, daß sie Bürger und Bauern peinigten und ihr Blut aussaugten und ihren Mutwillen trieben mit allen, die Recht und Freiheit mehr lieben als Unrecht und Knechtschaft. Aber ihr Maß ist voll!

Sehet an das von Gott gezeichnete Scheusal, den König Ludwig von Bayern, den Gotteslästerer, der redliche Männer vor seinem Bilde niederzuknieen zwingt und die, welche die Wahrheit bezeugen, durch meineidige Richter zum Kerker verurteilen läßt! das Schwein, das sich in allen Lasterpfützen von Italien wälzte, den Wolf, der sich für seinen Baals-Hofstaat für immer jährlich fünf Millionen durch meineidige Landstände verwilligen läßt, und fragt dann: ›Ist das eine Obrigkeit von Gott, zum Segen verordnet?‹

Ha! du wärst Obrigkeit von Gott?

Gott spendet Segen aus;

Du raubst, du schindest, kerkerst ein,

Du nicht von Gott, Tyrann!

Ich sage euch: sein und seiner Mitfürsten Maß ist voll. Gott, der Deutschland um seiner Sünden willen geschlagen hat durch diese Fürsten, wird es wieder heilen. ›Er wird die Hecken und Dörner niederreißen und auf einem Haufen verbrennen.‹ Jesaias 27, 4. So wenig der Höcker noch wächset, womit Gott diesen König Ludwig gezeichnet hat, so wenig werden die Schandtaten dieser Fürsten noch wachsen können. Ihr Maß ist voll. Der Herr wird ihre Körper zerschmeißen, und in Deutschland wird dann Leben und Kraft als Segen der Freiheit wieder erblühen. Zu einem großen Leichenfelde haben die Fürsten die deutsche Erde gemacht, wie Ezechiel im 37. Kapitel beschreibt: ›Der Herr führte mich auf ein weites Feld, das voller Gebeine lag, und siehe, sie waren sehr verdorrt.‹ Aber wie lautet des Herrn Wort zu den verdorrten Gebeinen: ›Siehe, ich will euch Adern geben und Fleisch lassen über euch wachsen, und euch mit Haut überziehen, und will euch Odem geben, daß ihr wieder lebendig werdet, und sollt erfahren, daß Ich der Herr bin.‹ Und des Herrn Wort wird auch an Deutschland sich wahrhaftig beweisen, wie der Prophet spricht: ›Siehe, es rauschte und regte sich, und die Gebeine kamen wieder zusammen, ein jegliches zu seinem Gebein. Da kam Odem in sie, und sie wurden wieder lebendig und richteten sich auf ihre Füße, und ihrer war ein sehr groß Heer.‹ Wie der Prophet schreibet, also stand es bisher in Deutschland: eure Gebeine sind verdorrt, denn die Ordnung, in der ihr lebt, ist eitel Schinderei. Sechs Millionen bezahlt ihr im Großherzogtum einer Handvoll Leute, deren Willkür euer Leben und Eigentum überlassen ist, und die anderen in dem zerrissenen Deutschland gleich also. Ihr seid nichts, ihr habt nichts! Ihr seid rechtlos. Ihr müsset geben, was eure unersättlichen Presser fordern, und tragen, was sie euch aufbürden. So weit ein Tyrann blicket und Deutschland hat deren wohl dreißig –, verdorret Land und Volk. Aber wie der Prophet schreibet, so wird es bald stehen in Deutschland: der Tag der Auferstehung wird nicht säumen. In dem Leichenfelde wird sich's regen und wird rauschen, und der Neubelebten wird ein großes Heer sein.

Hebt die Augen auf und zählt das Häuflein eurer Presser, die nur stark sind durch das Blut, das sie euch aussaugen, und durch eure Arme, die ihr ihnen willenlos leihet. Ihrer sind vielleicht 10.000 im Großherzogtum und eurer sind es 700.000, und also verhält sich die Zahl des Volkes zu seinen Pressern auch im übrigen Deutschland. Wohl drohen sie mit dem Rüstzeug und den Reisigen der Könige, aber ich sage euch: Wer das Schwert erhebt gegen das Volk, der wird durch das Schwert des Volkes umkommen. Deutschland ist jetzt ein Leichenfeld, bald wird es ein Paradies sein. Das deutsche Volk ist *ein* Leib, ihr seid ein Glied dieses Leibes. Es ist einerlei, wo die Scheinleiche zu zucken anfängt. Wann der Herr euch seine Zeichen gibt durch die Männer, durch welche er die Völker aus der Dienstbarkeit zur Freiheit führt, dann erhebet euch, und der ganze Leib wird mit euch aufstehen.

Ihr bücktet euch lange Jahre in den Dornäckern der Knechtschaft, dann schwitzt ihr einen Sommer im Weinberge der Freiheit und werdet frei sein bis ins tausendste Glied.

Ihr wühltet ein langes Leben die Erde auf, dann wühlt ihr euren Tyrannen ein Grab. Ihr bautet die Zwingburgen, dann stürzt ihr sie und bauet der Freiheit Haus. Dann könnt ihr eure Kinder frei taufen mit dem Wasser des Lebens. Und bis der Herr euch ruft durch seine Boten und Zeichen, wachet und rüstet euch im Geiste und betet ihr selbst und lehrt eure Kinder beten: ›Herr, zerbrich den Stecken unserer Treiber und laß dein Reich zu uns kommen das Reich der Gerechtigkeit. Amen.‹